Cet ouvrage
a été imprimé
sur un papier issu
de forêts gérées
durablement,
de sources contrôlées.

ISBN 978-2-7002-4984-2

L'école d'Agathe

Pakita | J.-P. Chabot

Lou n'aime pas perdre

RAGEOT

Vous connaissez Lou ? Mais non, pas le loup qui mange le petit chaperon rouge, Lou, ma copine, celle qui n'aime pas perdre.

Lou ne reste jamais assise sur le banc à bavarder entre filles, elle préfère jouer. Jouer, jouer et encore jouer. Lou dit tout le temps :

– Quand est-ce qu'on joue ? À quoi on joue ?

Lou aime jouer à tout : au football, à chat perché, à cache-cache mais aussi au jeu de l'oie, aux petits chevaux, aux dames…

Il y a quelques jours, Lou s'est fait couper les cheveux. Elle m'a expliqué pourquoi :

– Avec les cheveux courts, je suis plus légère ! Et comme je suis plus légère, je cours plus vite. Et comme je cours plus vite, je suis sûre de **gagner !**

Vous l'avez compris, Lou adore **gagner !** Et nous aussi !

Quand on joue avec Lou, on donne le meilleur de nous-mêmes. Parce qu'un jour, Lou a dit :

– Moi, j'aime gagner contre de vrais adversaires, pas contre des bébés qui se pincent les fesses, qui racontent des bêtises et qui rigolent ! D'accord ?

Au mot « fesses », on a éclaté de rire, alors Lou a déclaré :

– Jouer, c'est très sérieux !

Jouer avec Lou, c'est plus compliqué que jouer juste pour s'amuser. Elle nous donne des conseils :

– Restez concentrés. Mettez toutes vos forces pour gagner. Entraînez-vous encore…

Mais depuis hier, on a des petits problèmes avec Lou.

On avait décidé d'organiser une balle aux prisonniers. Lou et Paul étaient capitaines. Ils ont fait « chou-fleur » pour composer les équipes.

C'est Lou qui a marché sur le pied de Paul, c'est donc elle qui a choisi la première :

– Marie.

– Zoé, a dit Paul.

– Agathe.

– Hugo...

Une fois les équipes prêtes, comme d'habitude, Lou s'est transformée en entraîneur.

– À la balle aux prisonniers, il y a deux tactiques pour **gagner :**

1. Surtout ne pas se mettre en paquet tous collés, sinon, c'est trop facile de nous toucher.

2. Dès qu'on a le ballon, l'envoyer le plus vite possible à nos prisonniers pour qu'ils se délivrent.

La partie a commencé.

– Touchée Léa !

– Délivré Théo !

– À vous les prisonniers !

– Lance, Léonard !

– TOUCHÉE LOU !

Lou a fait semblant de ne pas entendre.

– LOU, TOUCHÉE ! a crié Romain.

– Non, je n'ai rien senti !

– Si ! On a vu ! on a hurlé.

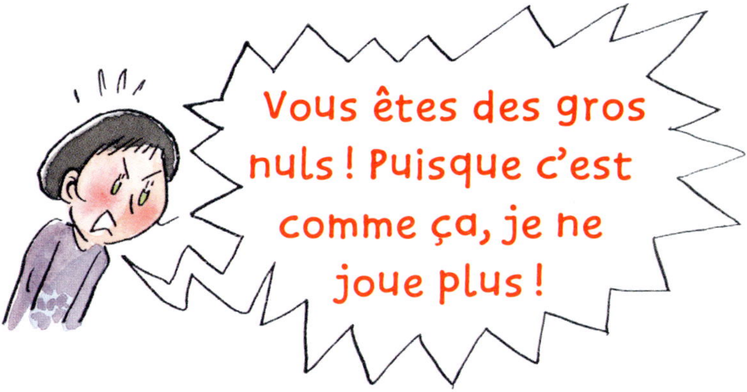

Et Lou est partie.

– Madame Lou n'aime pas **perdre.** Tant pis pour elle ! a dit Romain. Nous, on **joue !**

On **jouait** tellement bien qu'on avait complètement oublié Lou.

– Euh... pardon, les amis, si je vais dans le camp des prisonniers, je peux **rejouer ?**

Bien sûr, on a dit oui.

Grâce aux passes des copains, on s'est tous délivrés et on a...

– **GAGNÉÉÉÉÉÉÉÉÉÉ!**

Et hop! Saut en l'air, bras ouverts, talons aux fesses, on a crié :

– **HOURRA!**

C'est le saut de la **victoire!**

Après la partie, Lou nous a redit :

– Excusez-moi ! Je n'aime vraiment pas **perdre.** Je ne sais pas pourquoi, mais à chaque fois, ça me met super en colère.

– C'est peut-être parce que tu veux trop être la première ! s'est exclamée Audrey.

– Et toi, tu veux toujours commander ! a répondu Lou. Mais bon, promis ! La prochaine fois, je ne me fâcherai pas.

– Qui veut faire un grand relais ? a proposé Lou à la récré.

– Moi ! Moi ! Moi !

Comme d'habitude, elle nous a donné des conseils :

– Jouer en équipe, c'est jouer ***AVEC*** les autres et faire de son mieux ***POUR*** son équipe.

– Oui mais si quelqu'un rate, l'équipe ne le gronde pas ! a dit Tom.

Zoé et moi, nous nous sommes mises sur la ligne de départ.

– 3, 2, 1, 0, PARTEZ !

J'ai couru le plus vite que je pouvais pour mon équipe, puis j'ai tendu le bâton de mousse à Romain et on a GAGNÉÉÉÉÉ !

Lou était folle de joie :

– HOURRA ! On est les plus forts ! Génial ! Topez là, mon équipe !

– Vous avez vu, je ne me suis pas fâchée ! a dit Lou.

– Forcément, on a **gagné !** on lui a répondu en riant.

Et Lou a explosé de rire.

– Ah oui, c'est vrai !

Quand Lou explose de rire, elle **se tape** sur les cuisses, **se plie** en deux, **se retape** sur les cuisses et **se replie** en deux. Son rire est tellement fort qu'il fait fuir tous les oiseaux !

Après le relais, on a décidé de jouer aux champions de saut en longueur.

Direction le bac à sable.

– 3, 2, 1, 0, PARTEZ !

J'ai couru et j'ai sauté le plus loin que je pouvais. Là où ont atterri mes pieds, Enzo, notre arbitre, a fait un trait.

– Bravo Agathe !

Audrey a sauté, puis Charles, puis Guillaume et enfin Lou.

– À moi la médaille d'or ! Attention ! Concentration !

Elle a pris son élan et a sauté. Enzo a tracé un trait là où était retombé le derrière de Lou avant de déclarer :

– Audrey a **gagné !** Bravo Audrey !

– **Grrr!** Pied de cochon! Araignée poilue! Bave gluante de crapaud!

Lou était toute **rouge!** Elle a dit des mots tellement horribles que je ne peux pas vous les répéter. C'est pour ça que j'en ai inventé d'autres.

En plus, elle a crié qu'Enzo était un arbitre nul, nul, nul, archi nul! Et ça, c'est injuste!

Quand Lou n'a plus trouvé de mots affreux à crier, elle s'est tournée vers nous.

– Ah ! Ça va mieux !... Ben, qu'est-ce que vous avez ?

Nos regards lui lançaient des flèches noires.

– Tu avais promis de ne plus te fâcher, j'ai dit.

– Oh pardon ! J'aime trop **gagner** et le pire du pire, c'est que je déteste trop **perdre** !

Cet après-midi, Jacques, notre professeur de sport, nous a emmenés au gymnase.

– Prêts pour un cache-cache foulard, les enfants ?

– **Ouiiiiiiiii !**

On adore ce jeu.

– J'ai caché cinq foulards dans le gymnase. L'équipe qui en trouve le plus a **gagné !** Mettez-vous par cinq.

Tom s'est approché de Lou.

– Promets que tu ne te mettras pas en colère si on **perd ?**

– Ben oui, promis, puisqu'on va **gagner!** a répondu Lou.

– C'est parti ! a crié Jacques.

Et on a couru dans tous les sens.

– J'en ai trouvé un ici !

– Moi un là !

– Un autre ici !

– Et un là !

– Deux à deux ! Attention, il ne reste plus qu'un foulard à trouver ! a déclaré Jacques.

– J'ai une idée pour **gagner,** nous a dit Lou tout bas. Pendant que vous continuez à chercher, je prends un foulard dans la réserve à matériel et je crie : « J'ai trouvé ! »

On s'est transformés en statue.

– QUOI ? Mais c'est de la **triche,** ça ! On ne veut pas !

Soudain, on a entendu :

– HOURRA ! HOURRA ! Je l'ai ! On a **gagné !**

C'était Marie.

– Tu vois, Lou, pendant que tu nous racontais ton affreuse idée, l'autre équipe a **gagné** pour de vrai ! s'est exclamé Tom, fâché.

Lou a baissé la tête, toute triste, alors Océane a ajouté :

– Mais ne t'inquiète pas, Lou, on préfère **perdre** sans tricher que **gagner** pour de faux !

Oh là là ! Il est tard… Je suis fière qu'on ait dit non à Lou quand elle a proposé de tricher. Et je lui ai donné un conseil. La prochaine fois qu'elle **perd,** elle ira vite cracher ses gros mots dans les toilettes et elle reviendra en souriant.

Allez bonne nuit, les amis ! Le premier qui s'endort a **gagné !**

L'auteur

Pakita aime tous les enfants ! Les petits, les gros, les grands, avec des yeux bleus, verts ou jaunes, avec la peau noire, rouge, orange, qui marchent ou qui roulent, et même ceux qui bêtisent !
Pour eux, elle se transforme en fée rousse à lunettes, elle joue, elle chante, elle écrit des histoires et des chansons pour les CD, les livres ou pour le dessin animé.

L'illustrateur

Jean-Philippe Chabot est né à Chartres en 1966. Avant d'entrer à l'école il dessinait déjà. À l'école, il dessinait encore. Puis il a choisi de faire des études de... dessin. Et maintenant, son travail c'est illustrer des albums et des romans.
Il est très heureux de dessiner tous les jours et parfois même la nuit mais toujours en musique.

L'école d'Agathe

32 pages - 5,20 €

n° 1

n° 2

n° 3

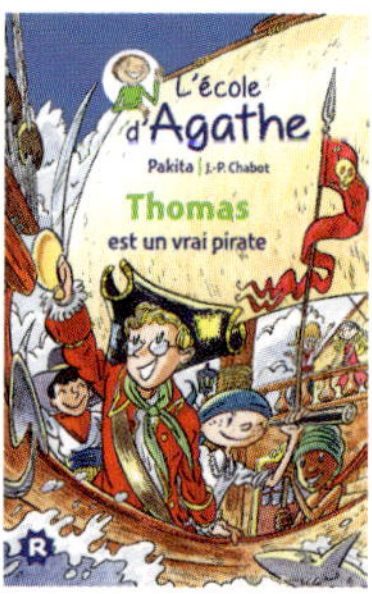

n° 4

n° 5

n° 6

n° 7

n° 8

n° 9

n° 10

n° 13

n° 14

n° 16

n° 18

n° 19

64 pages - 7,10 €

n° 11

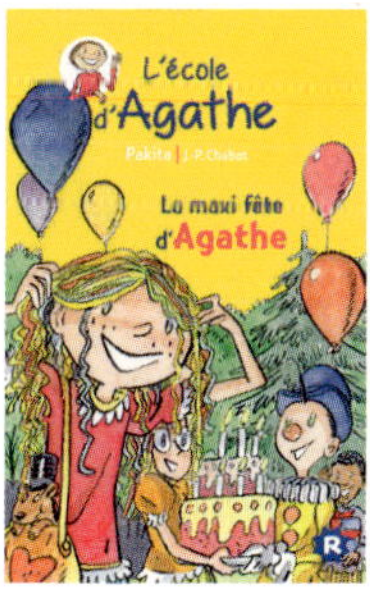

n° 12

n° 20

L'école d'Agathe

Toute la série
L'école d'Agathe
sur www.rageot.fr

PAPIER À BASE DE FIBRES CERTIFIÉES

RAGEOT s'engage pour l'environnement en réduisant l'empreinte carbone de ses livres. Celle de cet exemplaire est de :
163 g éq. CO_2
Rendez-vous sur www.rageot-durable.fr

Achevé d'imprimer en France en décembre 2014
sur les presses de Loire Offset Titoulet
Dépôt légal : janvier 2015
N° d'édition : 6221 - 01